画一幅江南给你

赵文斌——著

天津出版传媒集团
百花文艺出版社

图书在版编目（CIP）数据

画一幅江南给你 / 赵文斌著. -- 天津 ：百花文艺出版社，2024. 10
ISBN 978-7-5306-8843-4

Ⅰ. ①画… Ⅱ. ①赵… Ⅲ. ①诗集-中国-当代 Ⅳ. ①I227

中国国家版本馆 CIP 数据核字（2024）第 087923 号

画一幅江南给你

HUA YIFU JIANGNAN GEI NI

赵文斌 著

出 版 人：薛印胜

选题策划：胡晓童　**责任编辑：**胡晓童

装帧设计：书香力扬

出版发行：百花文艺出版社

地址：天津市和平区西康路 35 号　　**邮编：**300051

电话传真：+86-22-23332651（发行部）
+86-22-23332656（总编室）
+86-22-23332478（邮购部）

网址：http://www.baihuawenyi.com

印刷：四川科德彩色数码科技有限公司

开本：880 毫米×1230 毫米　1/32

字数：70 千字

印张：7.125

版次：2025 年 1 月第 1 版

印次：2025 年 1 月第 1 次印刷

定价：58.00 元

如有印装质量问题，请与四川科德彩色数码科技有限公司联系调换
地址：成都市郫都区成都现代工业港北片区港北二路 551 号
电话：（028）86965202　邮编：611700

目录

辑一　百度自己

辑二　画一幅江南给你

辑三　粉黛乱子草的幸福

辑四　行走宽窄之间

辑一

百度自己

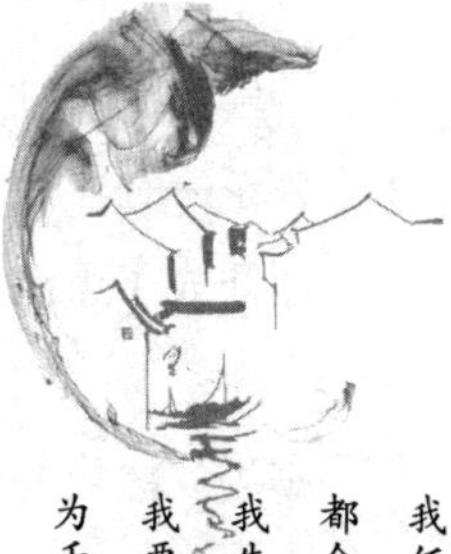

我任何细小的一举一动
都会惊动他们，像撼动一座雪山
我告诉我必须勤奋并且耐心
我要为许多个自己争光，也要
为千千万万个我逐个赎罪

鹰

虚拟的，真实的
天堂的主宰
掠过湖面

仰望苍穹
久了——
你便成了黑色首领

藐视如蝼蚁的人们
以及世界

2018. 6. 24

在城市

你说　找个工作
就像田野的蒲公英
飘到哪里
就落到哪里

在城市　的士没有名字
你也没有名字
有名字的　那是街道
和各类宠物

一片一片的日子
像一粒粒莲心
服下了
生活才有滋味和诗句

哭泣的你　偶尔
躲到那棵大榕树下
榕树会伸出树干和枝叶
像母亲的双手

2018. 6. 28

武松

紧握酒兴，不听劝阻
独上景阳冈
店小二不会被牵连
“三碗不过冈”

冈风骤起，惊醒醉中人
不妙！丢掉哨棒
也跟你拼到底
英雄赤膊上阵

许多人猜错了
认定在某个章节
潘金莲肯定会改写历史
以美人的多种姿势

漂泊江湖之人
不近女色之人
谁人敢敌
区区景阳冈一只老虎

2018. 7. 17

日出

天庭肯定经历了一场剧变
不然关于你的降生
那个瞬间
为何长久不为人知
悲悯的生母，早已将生死置之度外
百鸟朝凤，所有浴场连夜烧开
东海水温刚刚适宜
许多人，高举手机
欢呼　合影
扫你二维码
把你加入微信

2018.7.20

安徒生童话

听说，昨夜
空调温度太低
差点把你扔到冰天雪地
冻坏

在安徒生的童话里
也有个女孩，在点亮
最后那根火柴后，没有
被火苗拉回
祖母身边

如果时光
可以倒转
让那个卖火柴的小女孩
和你
互换下角色

2018. 7. 21

要下雨了

这消息
确凿无疑
空气告诉乌云
乌云告诉风
风告诉树
树手舞足蹈
一片叶子，刚刚
砸在我的鞋尖

我不认为这是“传言”
如果没抬头看天
如果风这时候没停止

2018. 7. 29

大多数鸟笼都是多余的

每一群鸟都有形体、鸣叫
都有切合山水的野趣
颐养天年的小窝
雁荡山，羊舍
老屋，及其檐下的飞鸟
我更加关注这一点
更加关心自身的
渺小，与虚无

大多数鸟笼都是多余的
夜深，星辰淡去
我们时常听到鸟鸣
近乎哀伤
渗透血味

2018. 8. 10

虚像

云朵飘过来，飘过去
盛满了，整个
桌面上的
玻璃

盛不下去
都溢到天空
继续流
自西向东

在某个遥远的部落
与我的一朵孤独约会

2018. 10. 5

落叶

一片黄叶
不慎，被我
踩在足下
没有呐喊
也没有流泪
就好像我们
有时，不知被谁
碰撞了一下

2018. 10. 20

俞老的胆结石

发作的时候　他满头大汗
但他舍不得割掉　那是自己身上生长的
最痛时　他也忍着
碰到熟人　他总说
这么多年了　痛就是自己心头的肉
就像自家的儿女和孙辈
常伴身边　多好

2018. 11. 14

雀巢咖啡

往水的空旷里
加入白砂糖
倒入速溶咖啡
多搅拌几下
均匀摇晃
我最喜欢，这种滋味
苦苦的味蕾里
夹杂着些甜

2019. 1. 20

与三九天言和

外婆走了
大寒正一天天逼近

外公被送进医院
雪花一片片往他的静脉流淌

他掰掰手指，吞咽下许多
渴望、过往和谎言

我一次次朝光的方向祈祷
与三九天言和，向他求情
恳求他放过爱我的人
而非我自己

2019. 1. 21

受伤

伤感的时候
习惯于
一边喝往事
一边喝咖啡

一只拒绝破裂的玻璃杯
反复倒满失眠

今夜，我终于相信
被这把月亮割伤的
不只是我，不只
那杯咖啡

2019. 1. 21

一家人

殡仪馆内
挤满了肃穆

我不认识
她们，或他们

哭着，哭着
大伙都成了亲人

2019. 2. 13

致文森特·梵高

多么可怜的人，手中还举着画笔
调配上帝的色彩
一只耳朵挂在星空，刺探天机
一只耳朵嵌入向日葵，追随日出
还有一只耳朵被魔鬼割下来
与人类对话

听，这世界
多喧嚣
多寂静

2019. 7. 22

陶罐之中

现在，我终于学会
将少年的无知
年轻的狂躁，全部
倒入陶罐，慢慢熬煎
盛满一碗，细细品尝
哪味是黄芪、细辛、川牛膝
哪味是续断、白术、制草乌
哪一味，又是祖祖辈辈传下的古训

2019. 7. 30

密码生活

细查时间的光，看它经过多久
如何从夜不闭户，路不拾遗
到防盗门窗、红外报警、人脸抓拍
从两小无猜的青梅竹马到
设满密码的 wifi，指纹打开的手机屏幕
远离纯数字和生日的银行卡
乡村的路愈走愈长
城市的梦愈筑愈玄
现在，当印满密码的脸颊启动微笑
在行车记录仪前摔倒
你除了格外的亲切
是否担心
一把朝向良善的刀
已被预设的阴谋
磨亮

2019. 11. 2

绕医院一圈

妇产科、儿科、内科、外科、骨科
五官科、皮肤科、感染科、疼痛科、重症监护室……

下午，我绕医院走了一圈
仿佛，将心爱的前世今生
全都撸了
一遍

2020. 3. 14

出租房

我的身体内
住着蓝天白云　住着鸟语花香
住着荣耀与屈辱　住着安康与病毒
它是一间廉价房子　有很大体量
经常拿来出租　当一种新思想
替代另一种旧思想　就好像新的房客入住
我会满怀期待地打扫干净每一处角落
并且全力消毒　腾出最好
最纯净的那片空间

2020. 3. 18

老槐树的一生

他的苹果红着脸，她快乐得像只蝴蝶
那时候，老槐树还年少

他忧郁着，她的歌声挂满树叶
那时候，老槐树已长大

他坚强地握住拳头，她痛哭了
那时候，老槐树正年轻

哦，老槐树多想拥有人的一生
羞涩、激情、后悔、流泪

2020. 3. 30

芦苇

风一吹，就弯腰
风再吹，就低头

和我一样，成为大自然中
第一批
白头发的人

2020. 4. 2

白馒头

一碗白馒头，有大有小
大的白白胖胖
小的胖胖白白
它们在碗里
从不拥挤
从不迁怒对方，这
温暖的心肠、谦恭的态度
源自农夫千年的精耕细作
源自夏日近乎恶毒的阳光
源自田垄间一生卑微的埋藏、认知

这谦恭，这忍让，一直
存在于它真正成为食物之前

2020. 4. 22

洗蛏

在吃蛏之前
先将它浸在水里
并撒少许盐
泡上一段时间

洗净一身
污垢

这种原始的死法
维护了
生命最后的
尊严

2020. 5. 2

观海记

一层浪，又一层浪，汹涌成
排比句。如此
慢慢抬高堤岸
那盛满声音的海洋
被白云轻轻挪移过位置
只要你晃动胸肌，或腰部
蓝色忧郁起来、振荡起来、富裕起来
走过铆满牡蛎的层阶
包裹过火的蔚蓝啊
现在又包裹起水

在飘动的蓝色面前
我被风蛊惑成一个小男孩
成熟，且忧伤

2020. 7. 1

虚构一场雪

以笔为犁，在冬天白嫩嫩的胸膛滑行
雪白到哪里，深深浅浅的履迹
延伸到哪里

我愿意将满腹心事封进大雪
在你拆开之前
绝不先行融化

更愿将思想命名为白茫茫
在你读懂它并泪流满面
之前，我都会腾出内心更多的隐蔽

温温暖暖地
再虚构一场

2020. 12. 6

影子

一些影子站起
一些影子躺下
一些影子追随我多年
一些影子痴情
一些影子健身
一些影子隐入梅花丛读书飘香
一些影子无端忧伤
将自己灌醉，反过来
拉我入伙，把我灌得酩酊大醉
更多影子终生内敛，沉默寡言
只替我默默背负一身黑暗
有时我真想蹲下身，扶正他们
与他们交换体温，让他们学会堂堂正正做人

2021. 2. 6

百度自己

在百度里，我经常搜索
到许多个自己，同时
搜索到许多与自己一样的名字
他们分布于全国不同的省、市、县
拥有各不相同的身份和头衔
可能有的正在青云直上，而有的
正在落难，沦陷于生死边缘
吻合我曾经不同的年份、不同的心境
和不同的幻觉
此刻，他们好像全都站在我的背后
列成一队。我任何细小的一举一动
都会惊动他们，像撼动一座雪山
我告诉我必须勤奋并且耐心
我要为许多个自己争光，也要
为千千万万个我逐个赎罪

2021. 2. 17

浓度

我经常产生这种天真的想法
往一杯溶液里不断倒水
连续加，拼命加
投入今生所有的毅力
能否将这杯溶液，譬如盐水或蓝墨水
冲得很淡很淡，完全跟
一杯纯净水一样
当我运用相关化学知识，我就绝望
因生活中这些科学而深感悲伤
比如我微不足道的忧郁
正被愈来愈多的时间和
愈来愈高强度的工作冲淡
不断接近纯净之时
凸现虚空之美

2021. 2. 27

和寂寞一起行进

一个寂寞的人行进在大街上
好像许多人都要为他闪开
好像谁堵了他的嘴
好像你如果跟他行走
鞋子里也将鼓满风
夜色迷蒙，他才有更多话语权
好像这样穿越黑暗才配拥抱黎明
红叶石楠翻滚波浪
裸露岩石吐出海底的坦诚

2021. 9. 22

摇一摇

在手机的微信里
有一项摇一摇功能
——此刻
你正在摇一摇
我正在摇一摇
她可能也正在摇一摇
苍穹之下，人海茫茫
我们都摇到了
许多个对方
摇晃手机的你我
真的都那么孤单吗
无论我摇到
距离 520 公里的风之歌
或者距离 1314 公里的失爱天涯
最终还是决定放弃
我呢，担心她们
和我一样
在急匆匆行路中
带错了钥匙

2021. 11. 6

林子

木、林、森
林子大了什么鸟都有
人、从、众
各谋其利便是一盘散沙
乌合之众，难免乌烟瘴气
好多次，我都像孩子
坐在榕树下寻思这样的答案
浩瀚苍穹，繁星闪烁
如何让那些匆匆消逝的流星
拥有更加磅礴的力量

2021. 11. 7

读懂一只鸟的飞翔

将翅膀使劲往下压
身体抬升，往前冲
在开始下降时，再次将
翅膀向身下压，使劲
抬升，往前续航且越飞越高
如此反复。这是今天早晨
一只鸟儿在给我上生动、短暂
而深刻的飞翔课
很多时候，我像它一样美丽优雅地飞翔
但我们最大的不同是
在往下滑行的最终时刻
我没有再扇动翅膀
以全身之力

2021. 12. 16

摩擦

我的一生，都在摩擦，与这个词语
产生血缘关系。像一把铲子，
深深插进沙土——没有语言，
只剩动作。无需解释，不必期望
童年的笔在纸上圈出黑与白。
就这样，一生即将被摩擦殆尽，
如果此时，我不能果断地
将自己从深陷的泥土中抽出，
这把铲子将暗淡无光。一辈子
无非是一闪火花，在静夜里点亮。

2022. 1. 26

电梯里，有时什么味道都没有

这几天，我们都各自回家吃饭
每次摁开电梯
总有一种莫名的气味
弥漫、袭击、包裹疲惫的心
烟的味道
狗尿的味道
有时什么味道都没有
只剩下一个人
想念另一个人的味道

2022. 2. 7

药理学

肩周炎、骨折、肾结石、尺神经卡压
岁月不饶人。它们总盯准身体某些部位
找到突破口

消炎的、止痛的、补钙的
所有药物开始眷恋并怜悯身体
对肉体动了恻隐之心

喝着喝着，我们的身体就成了药罐
想着想着，我们就成了李时珍

2022. 3. 16

落英记

多么壮观的场面。在最美丽的时刻
凋落，歌唱，飞翔，芬芳满山坡
刚才还在眷念、彷徨
像一个人放弃等待，选择松手

此刻。飘零缓慢，时光静止
在风中，在雨里，盘旋在你视线中
需要多大勇气，在昨日的伤口上
再撒下酡红色的盐

2022. 6. 3

像一道闪电

一道闪电的诞生，不亚于神的降世
暴晒、蒸腾、集结、起风

一个人若丧失愤怒，就不算闪电
他需要摧枯拉朽，不啻被闪电重塑

一个人慢慢走着，更多时候被闪电误读
直到他灵魂深处觉醒，浑身塞满激愤

真正的闪电：壮士断腕，刀刃朝内
而那些被闪电击中的人

都在惊恐和战栗的瞬间
须重新找到自我，或者重生

2022. 6. 9

坐落记

坐在路边花坛上
仿佛坐在世界中心

坐在广场的台阶上
好像坐在人生最低处

与许多人不同，与年轻时的我不同
现在我经常
以这样的姿势、这样的心情打坐
听风起潮涌，星辰静默

就算众人将我捧上万峰之巅
我仍然觉得坐在虚无之处

2022. 6. 25

点赞的雨

叮叮当当　叮叮当当
只剩微信支付或公众号在推送
对话框里残留
笑容、握手、鲜花甚至拥抱
那是深夜的路灯下
我一个人服的毒
有时等待回复，有时等一场雨
午夜暴雨哗啦啦，忙碌的雨脚
瞬间在一首寂寥的诗里
投下千万次点击量
不知为什么
我心中的那把槌子
无论如何使劲
也敲打不出
你羞涩的回答

2022. 7. 9

压腿

如果不写诗
我们就不坐在一起
如果不谈诗
我们就不提压腿
每天去湖心公园
昨天压到什么位置
今天必须至少压得一样
最好幅度更大一些
让筋皮再拉伸
让酸里的痛更持久
这样才有成效
回到谈诗
写到深处
我们的内心会听见
吱咯咯的骨折声
甚至疼痛

2022. 7. 10

赶在黑暗之前

赶在黑暗前面行走的，不是黑暗
但它有着被黑暗驱赶、笼罩
暗藏，甚至融化的可能性

赶在黑暗前面奔跑的哪怕不是光
却拥有光的属性
有刀锋、冷漠，以及
所有未知的不可调和

赶在一束光前醒来
哪怕万箭穿心，胜似万般荣耀来袭
快乐的粒子缓缓敲响键盘

2022. 7. 28

装修记

他是第一家入住的，我是第一家
装修的。下午，我们有缘碰在一起，
其实，我们数年前就认识。
他白发里的苍茫，我黑发间的苍白，
都佐证着类同的年龄、相似的经历。
交谈时，岁月在空气间凝聚又散开；
静默时，我们好像又能听到彼此
内心空旷处激荡的风铃。
我们约好装修完毕，及早入住，
甚至好好举办一个邻居节。
毕竟我们不像年轻人——
他们年轻气盛，拥有足够力量，
能把膨胀得稻谷般饱满的时光，
紧紧握在手里，随意碾压。

2022. 8. 16

一定经历了什么

正在消逝的事物，也不要解构。
就像你向星辰描述蝴蝶，
自己却在茧内画下月夜。

模仿一场雨落下，但雨是无法
讲述的。有人叩问大地，
好像谜底一直埋在岩石修行的地方。

掌心里的树叶，温暖如炭火。
炭火旁，渐渐遗忘的传说熄灭了，
于是，风不再停留于树梢。

所有的雨滴都记不得什么。
往事是心灵的空鼓——
午夜，若一场雨落个不停，
那一定是现在发生了什么。

2022. 8. 26

听海记

多像我啊。在不自知的执着里，
收藏着岁月的惊涛骇浪，语言如铁。

催眠曲里有烟火味，音乐的箭镞
却没有附加解释——如倒叙的电影。

专属于沙滩的记忆模糊，多像我啊。
寄居蟹朝月光吐出陌生的气息。

翻滚着懊悔去接纳自己，没有人
再如此依偎我，隐约看到一群塞壬。

2022. 9. 12

落叶记

椭圆的叶片像蝴蝶驮着黄金飞旋，
不知疲倦地在薄暮中任性一次。

泥土的敲门声这么轻，灯盏摇晃
如书信。台阶上写好一句句脚印……

言辞用半生去开一朵花，失效的果子
缀满枝头，秋天最好的修辞在这里。

梦境有黄金的部分，而我们接受
阳光的馈赠和疼痛，才能说“圆满”。

2022. 11. 9

雪人

白茫茫的一片，是你的视线在延展
清纯、冷艳，田野般毫无遮挡

喜欢这样没心没肺，活出一剧童话
聚集火焰的孩子，围绕你燃烧

最拨动心弦的，莫过于纯净的事物
暗自流泪。无法拒绝

冰凌是太阳挂出的旗帜
更换人间

2022. 12. 2

铁皮瓦

铁皮瓦也有深仇大恨
北风吹来的时候，它就喊
风吹得越紧，它就叫得越响
那种刺骨的声音劈劈啪啪
从凌晨延续到深夜
整个冬天，我都是它忠实的聆听者
但我不随便去安抚别人的疼痛
有些痛你真的抚慰不了
诸多世事，将我们
坠入中年。这么多不满
都压缩成一枚枚咀嚼片
含在嘴里，不吐出
让别人去猜那东西是否很甜

2022. 12. 14

年轮

那株山樱花挡住我们去路
红的像太阳燃烧，浅黄的是月亮
在芙蓉古村
被古代的一个少女梳落
从黑色的内核开始
经由肝脾、肺腑、喉咙直到睫毛
当你看到那盘裂开的年轮
知道她的心是怎么碎的吗

再是一株仙人掌，一个劲儿
往天空生长，得忍受多大魔咒

池塘学习痉挛和皱褶
你知道怎样数年轮吗

2023. 3. 19

散步

汇龙路、聚龙路、龙翔路、龙兴路
甚至樱花大道，我经常看见
他在夜晚漫步。一个人
来回频繁，就像给健身道
做高级按摩。一个人
在夜色中穿梭过久
都将失去亮泽，毁灭于
樱花树下或小路灯中
我曾经有过那样的时刻
中年将至，一个人
沿着斑斑驳驳的光点散步
不管你怎样孤独
不管她经过你时怎样孤独
两种孤独各归各的
似乎永远无法交融

2023. 4. 3

辑二

画一幅江南给你

画一幅阳春三月，草长莺飞
植物粗野地从地表疯长
画渐渐淡去的浓雾
画一幅水墨山水

在城东

九龙汇　你可以
走过一百多个铺店
蹭中一百多家网络
结识一百多位女孩
但没有一位像诗一般留住你心

不止一次　我决定
翻转异乡和故乡的偏见
走进九龙湖和湖心公园
将超标的体重　受伤的肝
还有余生的闲暇
交给一个盛满氧气的酒杯

2018. 6. 16

湖心公园

其实　许多人可以爱上我
像我这样　简简单单
无需过高物质支撑的男人
你也可以　随时拧灭
没有颜值　守口如瓶的烟

不须粗暴　以十根手指的温柔
轻风拂过岸上柳梢
涟漪盛满湖面
在湖心公园　我会爱上你
除了星星和酒　你是我一生的依靠

2018. 6. 16

虎山公园

噱头名字　吸引市民眼球
拾级而上
石阶边沿青苔和攀缘的常青藤
喋喋不休

一路上并没什么惊艳
来去往复的游客
上山　下山
将一天的焦灼
煎熬成更多焦灼

明知山无虎
偏向虎山行

门口
那几只石虎
缄默
无语

2018. 7. 12

晚霞

残阳如血，是他解甲归田后
亲手种下的第一片郁金香
从汹涌的落霞中顺手牵出哪匹，准是千里马
青山下，战场消失，麦浪匍匐前行
田畴之上，家乡小了又小
炊烟静谧淌满河床
这位老人，悄悄眯上眼睛
嘴角上扬，终于相信
眼前这些幻象都是真的

2018. 7. 25

九龙湖

来九龙湖好几年了
游九龙湖好几遍了
总盼望会突然发生些什么
让我见证一个奇迹

一样的雷电交加
大雨滂沱。一样石砌的断桥
一样的落魄书生，雨后微醺
一样的望穿秋水，肝肠寸断

我手执油纸伞
撑直筋骨
是否，它能带我回到宋代
轻叩你的窗棂，打动你的心扉

湖里，湖外
走过这么多女性，高傲而妖艳
没有一个人回头
喊我：“许仙！”

2018. 7. 28

虎山避暑

天气预报说：
今天白天最高气温 38℃以上
我麻木了
习惯于这些死亡游戏

办公的时候，我不热
吃饭的时候，我不热
电梯门口，有人喊热
我还是不热

登上虎山（人戏称“火山”）
石猴过不了的地方，你说热吗
我不热，漫步林荫下
虽然天吝啬，无风，亦无雨

许多情况
我们不明就里，我们
都热切于
天气预报

2018. 7. 29

一年过半

立秋了　妻子
买来西瓜
为家人消暑
“时间真快
一年过半！”

我好像
又看到我的母亲
站在桌边
将西瓜和时光一刀刀切开
送到我们跟前

2018. 8. 7

拾荒的女孩

跟着母亲
她一定漂泊了很久
幸福了很久
你看，她又捡起好多东西
空相册、眼镜框、小布熊
还有一瓶剩下四分之三的香水
这些定是她梦中的宝物
母亲温柔地
帮她挑选着，优中选优
她开心极了，幸福地抹去汗水
时而看看母亲
时而回到这百宝箱分拣
夏日的晌午，小女孩
捡起了许多微笑
捡走了许多童年

2018. 8. 7

石塘渔村

大奏鼓敲亮日子
鳗鱼鲞晾咸季节
问眼睛是否记得风雨
鱼香是否穿越了她的后墙

谁又斩断风中的脐带，腰绳上的缠绵
端摆一桌大席菜，招徕虾兵蟹将
吞服远山的霞光，自酿的米酒
诱我湖光山色，许我海誓山盟
即刻落草为寇

2018. 9. 16

看社戏的母亲

戏台
玲珑且阔大
国家戏　家庭戏
各有风味　江南的雨
时常飘落农村戏台前
母亲不忘带伞　带上手帕
有时她好像就是戏里的
角儿
在一句唱词里走失
我经常寻她不见

2018. 9. 28

珍珠滩滨海绿道

她们仰卧着
谁也叫不出她们的名姓
以及秘密

以温柔的掌
抚摩坚硬的脊背
企图再次唤醒，那些
被海鸥衔痛的旧事

浪花，是那些在海上走失的
先人们，他们未曾远离
每天，按时回家探访
四岙
三岙
二岙

2018. 10. 13

春天

你躺在沙发上，她就是睡美人
你登高远眺，或振臂高呼
她便开始返青

你说闽南话，她就生在福建
你说内蒙古方言，她就奔在大草原

正折一枝桃花戴上
赶来与严寒话别

2019. 1. 29

去娘舅家

从小娘舅家到大娘舅家
门对门，只有 20 米距离

从小娘舅家到二娘舅家
需穿过一片竹林，一幢屋
再穿过一片篱笆，一幢屋

外公住在小娘舅家隔壁
穿越这垛墙要 42 年，没捷径可走

外公今年 99 周岁了
躺在床上，离墙上的外婆很近

2019. 2. 3

元宵

玉帝批阅的奏折
全都飞上孔明灯

把往年的遗憾、新春的祝福
深深藏进灯谜

总有比汤圆更圆的标点
结束一场狂欢盛宴

舞狮舞龙
舞亮你的笑容一岁一年

2019. 2. 20

三月

你一定要安排好人物的出场序列
及节奏，譬如鸟、桃花和流水

一定要沉浸在花的毒里，不得醒来
教流水怎么去倾诉，爱一位流浪的人

一定要学会几种草木的长法
听懂、熟稔云端一两种鸟的啼唱

一定要去写一首献给早春的诗
关于今天你的幸福与梦想

2019. 3. 8

画一幅江南给你

画一幅阳春三月，草长莺飞
植物粗野地从地表疯长
画渐渐淡去的浓雾
画一幅水墨山水
让它慌张地渗透江南
让爱情隐匿于无边的风景
笔墨和宣纸，收藏的心事
画一线风筝，飞得比天空还高
画一枝黄花，戴在你的发髻
遇见郁金香娇艳的花瓣
春天美得，让人无法辨认

画一群草地上的
纯真女孩，被风
吹得好香

2019.3.10

岛礁

这些东海遗腹子
被老村长一一排列
一份在大海的手掌
一份在闽南方言
并逐个命名
关于它们的乳名
老村长傻傻地笑着

2019. 5. 4

杨柳坑观景台

远方的风、船，以及鱼虾
依次停泊在杨柳坑的观景台上

天空飘飞各式各样的帽子
整个下午，这批水做的女人
被一阵阵海风吹得更薄

学习杨柳坑诸岛之
穿墙术。她们将诗歌锻打的
十八般兵器
统统搬上，技法烂熟于心

瞧！她们个个武艺高超
凌空一跃
便卡在镜头里
掉不下来

2019.5.8

日落

多么像麦浪　抒发沉甸甸的光芒
抑或　刘谦的魔术
即将在海上表演

与石屋　潮汐
和睦相处的夫妇
步入老年

那天　当日头坠落
他们重新铺好红地毯
在喝彩声中　手挽手走向远方

2019. 5. 19

喊一声六月

喊一声六月
河水倒流，船舶升级
两岸青翠和金黄相映生辉
阳光灿烂

摆一席大菜桌
田野归来的人
生儿育女
懂得关心节气和镰刀

我们皆是有芒之麦
我们皆是怀孕已久的种子

2019. 6. 20

入梅

重重地砸下，轻轻开花
落在岁月鼓点上的相思呵
薄如蝉翼
一夜清梦，故乡河水退了又涨

这长长的雨线，从江淮而来
煮熟了漫山遍野的杨梅
煮熟了田垄上清脆的山歌
撒一张网，捕获池塘的宁静

你若来，正好茶水熟透
壶中呓语淅淅沥沥，如泣如诉
一个在雨中赶路的书生
乡音，正与六月一并入梅，入梦

2019. 6. 25

关于方山

又称方岩，北雁荡山余脉
垂直如削，方正如砥
壁立如城，巍峨横空
风吹雨打万亿年，仍初心不忘

山脚下的我们，近朱者赤
满身珍藏生活的暗器。近知天命之年
尚不圆滑，多次被人间
雷电击伤，像一座休眠火山
伺机复活

2019. 6. 30

白龙瀑

方山书院周围的
那些草木，越来越懂得感恩
认我们为走失的亲人
它们全身如安装了红外感应
遇见我们，瞬间吐露更深的叶绿素
交出积蓄一辈子的财富

山顶那支白龙瀑，晋代以来
再也没有泻出精彩诗篇。或许
我们攀登前未及时告知
不像那次台风来
它出卖了全部体重
拼命往高空飞

2019. 6. 30

梅子

我们拥抱的时候，她由绿
转变成通红，转瞬即一季

叫一声梅子，如此嘹亮
整个江南，寺庙和树林都被淋透

一群不解风情的女孩儿，爬上坡来
摘走星辰，摇曳童趣

光与影的邂逅，待来年
又和梅汛一起挂满枝丫唱歌

2019. 7. 11

故乡小夜曲

比起都市的繁华，故乡的夜
只几盏渔火

一阵南风吹来，好几个
不会方言的夜行人说起
丰收和来年

喜欢这样的黑
又慢慢白起来

2019. 7. 28

社戏

把桃红搬上来，把柳绿搬上来
把未老的青山搬上来
把尚未互诉衷肠的凉亭和独木桥
搬上来

甚至把家法，和
世俗的诘难一并搬出

把满城的受众搬出来
让他们替主角恋爱、喊冤、流泪

2019. 10. 5

雪又飘下来

这一年，许多雪花飘下来
急吼吼的，忘记给自己涂鲜艳的口红

这一年，有更多雪花没飘下来
她们似乎忘了故国，忘了恩怨

尽管许多雪没飘下来，人们还是
给寒冷起最动听的名字：
小雪、大雪、小寒、大寒

尽管一些雪花飘下来，亲爱的
我们还需在火炉里翻寻更温暖的词汇

今年冬天，一些雪飘在城市
一些雪积在乡村

2020. 1. 6

故乡辞

浪迹天涯　都爱轻轻吟响自己的名字
都喜欢听自己“扑扑扑”的心跳
都会偷吃家乡的苹果　念叨家属和朋友
或轻拈一株小草　赋予它新的思想

我疑惑　我是不是这样一位行吟诗人
一边潦草地播种脚印　一边痴狂阅读

故乡这本书　因我　而写满灾难

2020. 1. 17

故乡谣

从小村，到集镇，到市区
欲望还在膨胀，我们企图
将房屋买到更远的城市，譬如北京

其实我不止一次疑虑：偌大的故乡
会不会在搬家时一点点缩小、缩小
并且被当作一个质点不断搬到更遥远的地方
继续存放

2020. 3. 22

芦苇

芦苇，一丛一丛
喝着水，长这么多白发

远处堤岸上，一对老人愈走愈近
消失在眼前的芦苇中

她们没有完全消失，白里的白，真理的白
微风吹过，芦苇和她们都一颤一颤的

那种白，是正在
慢慢长大的孩子

2020. 4. 2

清明

小菊花，满满占据
这个时节的封面，反复被风吹拂

走着走着，累了。是谁放弃诺言
寻找一方好山水，将自己洗净深种

生活已被锻打成一列列楷体字
刻进石碑的记忆，不断返青
蜿蜒而来，供子孙临摹和阅读

比我们起得更早的是：花粉、蜜蜂
是一群刚在云端做完作业的小麻雀

当闪电回到闪电，山峰回到山峰
手持小黄花的孩子们，在前方等待

2020. 4. 4

面对四月

喜欢群鸟唱同一首歌，像春晚
将锈迹斑驳的日子
一层层洗净、剥离
打开春天的桃花，再打开泪腺
爱带来欢愉的流水
再携走比桃花更单薄的命运

向阳的山坡，春意阑珊
我是个孩子，告诉自己：
必须要像小孩一样地爱着春天
完满、单纯，不应妄想
若有来世，也一定要犯下相同的错

2020. 4. 10

幻觉

一辆公交驶过，像一首丰腴的诗歌
被抽取坚挺的肋骨，山海之地

温岭小城，需要一群人，温暖地行走
需要一颗伟大的诗魂，唱响情歌

后土空间、东辉阁下、市行政中心大会堂、东海之滨
一群沉默的年轻人，齐声诵读，点燃一场雪

终于明白：一朵雪花
为何如此孤傲，洁白而决绝

不明白：诗的自由落体
重重地抛起，又轻轻落下

2020. 4. 30

覆盖

芬芳覆盖在花骨朵儿上
画卷覆盖在怀春的河山上
我覆盖在我的命运上

温暖
安详

2020. 5. 1

母亲

外婆走后，母亲就成了
家族里唯一的耳聋症患者

她大声说话的样子可笑，活像小孩
好像言轻了，别人都遗落在声波之外

更多的喜事，我们大声说出，听见了
她会点头，阳光洒满笑脸

对于一些家庭机密，我们
努力压得轻些，再轻些

恐怕一阵雷声轰过去
拉出一片雨来

2020. 5. 11

春天汹涌而来

傍晚的时候，湖岸在镜中照见自己。
只要愿意将旅行箱打开，
只要愿意描述波纹的惊喜，像一棵树
让风替自己喊出替身……

帐篷和风筝，各有自己的邻居——
草地上春天没有偏见，飞盘
在完成家庭作业的程序后，
早已摆放稳当，等待不速之客。

亲爱的，请借我一颗
不可剪裁之心，或者，一把不需要
自传的铲子，让我在诸多激动中
拥抱醒过来的尘世。

这桃花，红得具体，善待过
一群在桃树下不断修改自己的人。
植物学不了我们的好奇心，而我们，
一生都学不了植物的秉性。

2021. 3. 19

乌龙岙抒怀

溪流淙淙淙，春风
正骑上脱缰的马匹

岩缝里不断渗出泉水
一滴一滴
像眼药水医治我的眼疾

不宜在电脑前久坐啊
眼睛充血肿胀数日

周末，拆除围墙
就是王道

2021. 3. 21

乌龙岙赏花

梨树，一株、二株、三株、四株
桃树，也一株、二株、三株、四株
梨花开梨花的雪白
桃花开桃花的粉红
两者，各奔各路，各不相干
如果看到这样的神迹
谁把梨花染成粉色
或者——
谁将桃花改装雪白
你一定要惊异地大声喊出
比空谷里的山风还响
宁愿是眼睛瞬间的恍惚
宁愿是意念对春天解读时错乱
一群美女忘却来路，一把把花纸伞
一架广角数码相机，赋予春天新时代意义
此刻，抬在云层的
乌龙山庄，刚刚苏醒

2021. 3. 21

给城南

如果给城南一把刻刀
麦芒、田垄、河道就是他的木刻版画
如果给他换上一支油画笔
农舍、炊烟、山丘便是他的油画

那只白鹭，独立水潭坝之上
孤单、倔强、优雅、幸福。多像
少年的我，时光倒流
在画中，为它陡添几缕乡愁

城南。一架风车以及风车以外
更多的静谧和寥廓
都奔跑着嘶吼着千千万万匹骏马
一旦停止，便闯入了诗

2021. 5. 5

森林：一本有声教材

说不准是哪只鸟儿
不小心触动了书本的按钮
整个早晨，这本绿色教材
便唧唧喳喳　喳喳唧唧

2021. 6. 8

广场边的桂花树

又闻桂花香
在白天闪耀光芒
在夜晚穿透黑暗
它不说话
却坚持
用芳香代替想法
那夜，我们对坐良久
直到我的身体
在它的面前也
散发出
阵阵清香

2021. 10. 28

春来草木长

锄草工穿着早春的警戒色，她们
匍匐在草地，缓缓前移。这样绿着

便于她们彼此辨认
便于花草快速从同类中分拣出她们

2022. 3. 26

方山腾雾

腾云驾雾来到人间
随意呵一口气，都是希望

这块小小心脏叫作方山
西晋诗篇落下时，便以死火山之名
开始蒙尘于世

每缕径脉都膨胀咆哮，每片霞光
都折射一方天河

多像我们执着的长辈，和寄存
他们身体内强大的基因
爱一个人须爱一辈子
恨一个人也要恨一辈子

多像我的一生
缥缈　虚无

2022. 6. 7

白鹭

小岛中，竹竿上
那些白色的经典
或浅灰的流行
似动非动，宁静肃穆
它们用身体里的针线
编织着经纬中的蔚蓝
每一位仿佛都是
修行多年的高僧
那些精灵似乎都有浓重的心事
瞧！它们站在虚空之中
仍将孤独的倩影
重重地砸进
湖面之下

2022. 10. 11

线上故乡

线上真好，可以找到许多往事
可以一键点开春天的记忆
千万条路径，我选择最近一条
那里有故乡，那里有
斜风、细雨、河塘、蛙声
那里有我白发婆娑的妈妈
想念她们了，我就用颤抖的手指
一遍遍轻轻呼唤

2023. 3. 15

春雨

夏雨，狂轰滥炸，不讲节制
秋雨，萧萧条条，翻篇归零
冬雨，像追杀令，一剑封喉
唯独春雨，像老母亲
将密密匝匝的爱
一针一线
缝入心底

2023. 3. 18

开往春天的动车

像水滴般娇艳的紫荆花
满头蓬松的海棠花
还有红花、黄花等各种檵木
万物乘上驶往春天的动车
皆有一技之长
轮到我，竟无票可售

2023. 3. 26

鸟鸣园

把我从被窝里揪出来的
有时是闹铃，有时是鸟鸣
公园里渐次沸腾
那些像秤砣一样的尤物
悬浮于树梢，唱歌
它们都是经过发声训练的歌手
多像我父亲
年轻时在油轮上发出的电报
叽叽喳喳，很快
被另一只同类获取、共振
它们集体发声，描画出
早春城郊靓丽的图景
我知道，它们啁啾
并非因为樱花、海棠或紫荆花
以及四周那一小块春天

2023. 4. 4

小院即景

小区不大，只三幢楼
两高一低，涵养春色

几棵罗汉松迎客
一泓池水清洗喧闹

年轻貌美的母亲摆好 pose
摄影师刚刚摁下相机按键

晌午，阳光无处安身
盘旋在他们四周

放下诗集，一起来
叩响这琴键般的阳光，沙漏停顿

2023. 5. 7

辑三

粉黛乱子草的幸福

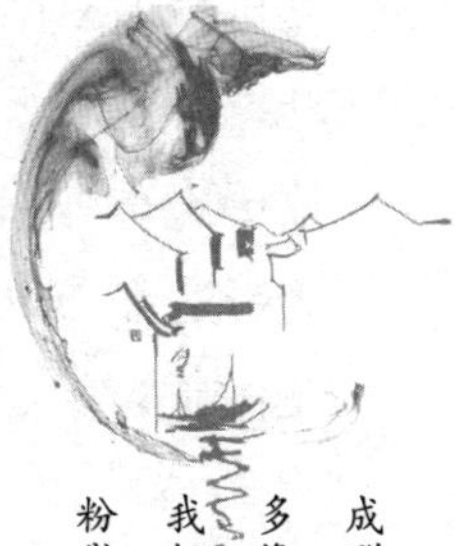

成群结队被风吹进景区的游客
多像粉黛乱子草，干净、奋勇而惬意
我轻盈地张开翅膀
粉黛乱子草的幸福，就是我的向往

松红居

路途遥远，索性
借宿松红居吧

远村的灯盏比萤火虫巨大
蛙声零落，马达轰鸣
芭蕉叶下
光影晃动，一枚枚蘑菇
正在刺穿草丛

我枕风而眠
松红居，更加沉静

2018. 8. 24

秋天来了

太阳碎了
云朵白了
女儿，携一朵白云
北漂求学
我们将秋衣冬服塞进拉杆箱
还有厚厚的期待和乡愁

跟天下所有父母一样
那天，我们的心
比女儿更早抵达终点站
为孩子
接风洗尘

2018. 8. 29

入秋

拥抱你，亲吻你
嘴唇渐渐靠近心窝
爱的呓语，延续了
昨日的激情与速度

随时休止住狂乱与暴恐
珍贵与盈余都藏进温柔的眸
银杏树没有掉落最后一只蝴蝶
风景如画，旅人歇脚

入秋，角度越来越多
所有的路口都为你敞开
每一次进展翻来覆去
清晨，祈祷如诗般温暖而贴心

2018. 9. 8

摘月亮

如果再登高一楼
伸手，应该
就可摘下
整个月亮

你说，你不喜欢
握在手心的厮守
那悬挂在半空的往昔
才是初心
可以年年相望
月月疼痛

2018. 9. 18

白露

白露刚过
许多事情都白了
云白了
风白了
连你我的相思，一夜之间
白了许多

但我喜欢
这样直来直去的白
口无遮拦邀你相随。尽管母亲说
心肠太直的人有时会吃亏

2018. 9. 27

暖雪

一朵雪花飘到玻璃窗上
有了颜色

一朵飘到生日蛋糕上
散发芳香

十朵，百朵，千朵花撒下来
整条商业街立马沸腾

内蒙古的一位诗友说
雪有冷雪，亦有暖雪

只要你的胸怀足够宽敞
盛得下大寒和人世间所有秘密

2019. 1. 27

我是这么想的

约几个背影，找一间人迹罕至的茶吧
嗑嗑往事，喝喝冒出山雾的茶
找不到春天，就折一朵李花
看不准青山的真面目，就指着鹿
我们说它是马啊
没遇见她的大眼睛，那就带回几根
从天空掉下的睫毛，安插家中
微醺，正好
找一树被鸟遗弃的枝丫，然后
在流水里写诗。对着空山
可以这样喊：“我想念她。”

2019. 3. 29

在尘埃中

慢慢虚度的时光，总要拱起来几句
如背脊上的蜂蜜，又似家乡的小桥

忘记多年，彼此忽然在誓言中想起
趁天亮之际，我们互致歉意

骨折初愈，就听到洗衣房里
溪水淙淙流进水桶的声音

若干年后，某个早晨
自己的名字被另一个人惊喜读起

入口越来越小，通往平凡或卑微
尽是康庄大道，进出的人交换思维

这些日子，闪烁在尘埃里
确实不容易

2019. 7. 31

群

无非是退出一个群
加入另一个群
春夏秋冬
更换着
群名

挺喜欢刚被
拉入的这个
表象清冷萧条
但群里的人，像点燃的雪花
热烈、纯净、幸福

2019. 9. 1

粉黛乱子草的幸福

远远的山坡上，一群粉黛乱子草
在欢呼、舞蹈。坞根到了

红色老区。旗帜是红的，笑容是红的
土地是红的，
十里开外的花草都红得发紫

你听，山谷里枪声大作
你看，山顶上旌旗飘飘

往日，那猎猎吹响军旗的风
又吹向我，吹红坞根人民的今朝

成群结队被风吹进景区的游客
多像粉黛乱子草，干净、奋勇而惬意
我轻盈地张开翅膀
粉黛乱子草的幸福，就是我的向往

2019. 9. 16

坞根红山村文化礼堂观影

细察时间的光，看它经过多久
才能泯灭一段战事，才能
将敌人的叫嚣反制下去
一棵树，都那么坚强
打光子弹后，又
褪去树皮

尔后，冲锋号响起
故事结尾总有大部队反攻
将红旗，插入
敌方心脏，迎风飘扬

放映机离战场只有 5 米
红山村老书记
每日都在声援这样的战斗
关键时刻，他又登上 851 高地
带我们喊："为了胜利，向我开炮！"

2019. 11. 1

在小山村当村主任

男女老少，都
管他叫老张头

个头不高
皮肤像烧坏了的焦炭

有时叫开会
有时喊喝酒
嗓门儿比炸雷还响
雪堆里的小草都惊吓得跳出冬天

这小小的山庄
好像就这样被他叫得更加辽阔

2019. 12. 2

冬天，一个人看雪

外边白雪皑皑，里边
春暖花开

拉开窗帘，我惊诧于
一面玻璃隔开两重天

我担心一旦玻璃被雪敲破
整个寒冬是否一下子涌进来

身边站满沾着
雪花的人

2019. 12. 2

制陶术

这是一门最传统的手艺
从造人，至造物、造世界

这是一门最残酷的手艺
从温柔善良，锻烧成铁石心肠

这是一门最宽容的手艺，盛放
世事纷争，儿女情长

2019. 12. 18

医院输液厅里

有多少咳嗽
就有多少苦难

有几个小孩子
就有几位漂亮的妈妈

四十年前，我身边也有位
年轻而漂亮的妈妈

现在，一个人往沙发里缩了缩
假装自己还是孩子

2019. 12. 19

允许

生活中有太多药物可以疗伤，譬如
点一盏灯，便可治愈孤寂
谁都不愿活在一出短剧中
眼泪里轮回

允许柴米油盐取代激情，像冲得越来越淡的茶
允许一只蜜蜂在花间搬弄是非，误读春天
允许某个夜晚，某人与你同床异梦
允许几次冷战，依然春暖花开

在被窝里，为你挠痒痒的人
她是多么爱你

2020. 2. 22

我为什么喜欢雪

名字里含“雪”的人
都不那么寒冷、可怕

雪飞，是我
小学同桌的名字
雪莉，是我
亲表姐的名字
雪琴，是刚刚搬入小区
我的邻居的名字

我怀疑她们都在冬天诞生
都被天使用寒冷的词语派到人间
她们温柔、明亮，就像一把火
最坏的天气也不融化

2020. 3. 23

活着

活着，多好
可以乘公交
可以手机扫码
可以打开微信
找到你最讨厌的那个人
轻轻地将他拉黑

2020. 3. 31

芦苇情

一个热爱芦苇的人
从小，就从芦苇中走出

新婚之前，她走进芦苇荡
又狠狠折断一根芦草。她决定

把自己嫁给芦苇，嫁给无垠的芦苇荡
给塘水、给风、给云
给忘了芦苇的所有人

那夜，她画了一幅画
把自己深深画进梦里
风吹过，摇摇晃晃

2020. 4. 2

春天辞

用一枝花，慢慢靠近渐渐苏醒的春天
世界被语言掏空。该多辽阔、多寂静

我幸福着，花草间
每一阵痛苦的痉挛

今夜，让我当医生
请你当病人

2020. 4. 30

雪莲花

一朵采自高山雪线的莲
在你身上，睡着
雪的冰洁、石的坚硬、花的柔情
守护这丰盛的词语，注定
我一生的盈亏
下弦月的光躺在床上
用执着洗净无辜的雪花，雪崩之前
我误认为美好是一首新写的诗
无从分节
无从标点

2020. 5. 16

雷雨

雷霆，绕过冰河、星空……那些
盛开的锋利，尽量规避冬天。

记忆缺席。整个夏季丧失脾气，
蝉声被遮蔽的时候，大地在使用隐喻。

往事闪现——有人听出了她的
无锡口音。屋顶终于安静下来——

戏剧里那些摸爬滚打的词语，
渐渐潮湿、闪亮，最终轰轰作响。

2020. 7. 31

白鸽

一只白鸽
凌空飞翔
它是那么的白
那么的纯
使我坚信吸收了更多别样的骄傲
天空被抽取了白，只剩下蓝
云朵被抽取出白，尽显灰黑
阳光普照在这白上
给它增添金黄
这英雄、孤独、无畏的颜色
邀请我随它一块
盘旋在另一片天空

2020. 8. 2

草屋

一直想为自己建一间草房子
小得只容得下鸟鸣、小草和空气
小得只允许绿色爬满它全身
小得只有我给它写诗
然后兴奋一辈子

2020. 8. 14

中秋夜饮

靠海那一桌，远离灯火
比其他的世界暗些

月亮悄悄移过来，移过来
高潮时，将整桌照得锃亮

人渐渐散去，留下半桌剩菜
我们分到的月光，比刚才更多一些

2020. 9. 30

把春天抱在怀里

喜欢你像女孩那样撒野
突然从背后抱住我

紧张、温柔、猝不及防的感觉
如雨后竹笋，花瓶里的芬芳

那是春天的温度，不断被
节气热烈追捧，升级

拥抱得越重、越紧
忧伤就被撞击得越远

那种由反作用力推开的甜蜜
历久弥新，梦里让我忐忑不安

2020. 10. 11

一粒谷的演绎史

落进时光的谷粒，架构
夏商周秦汉　唐宋元明清
每粒硬朗，而富有韧性
剥落一颗，又补种上一颗

诗与风都吹远，只有从农民手指间滑落的稻谷
我们有幸受宠，日子哔哔剥剥
一股稻香，一坛酒香，一个母亲的乳汁香味
终身向善
像雷阵雨后，金黄的汗珠从大地的额头
闪耀至脚尖

2020. 11. 27

绿皮火车

下榻的酒店真好
躺着就可以听咔嚓咔嚓的回忆
如果打坐起来，还可看到
整列火车穿越记忆丛林疾驰而来

哦，那列绿皮火车，30 年前
载着诗歌与梦想从乡村小镇
驶向遥远的北方。一只刚削好的苹果
仍站在盘中摇啊摇

哦，绿皮火车
看着一只厚重行李箱从月台消失
载着同窗的你和一部小说的全部浪漫
穿行在绿油油的田野和四季芬芳

听到列车运行在时刻表
我都会倏地沉静，起身
用想象塞满空荡荡的绿皮车厢
我要让那些空阔的椅子练习说话

空气里弥漫温馨
语句重新长满刺
一针接一针
试探我的耐心

2021. 4. 23

坞根红色讲解员

从茫茫人海中
快速认出我的
是坞根红色
讲解员——方红

合影之后
她开始了解说
她告诉我，今年每个讲解员
都必须换穿全新的红军服

烈士纪念碑前
她突然有点忙碌
指导、示范、整队
放哀乐后，我看她

热泪盈眶
一个资深讲解员
一个胸有成竹的村妇
每天坚持学习勇敢，胸口荡漾红色浪涛

她把我们当作红军，冲锋陷阵
她将我们当成亲人，至亲至爱
她把我们当作火把，高高举起
汲取更多能量后，又播散四面八方

而我好像一阵南风
经过火的淬炼
去吹动生活中的
每一面旗帜

2021. 5. 1

植物界

母亲从后山田园里
挖出许多马铃薯
一串一串的
都是喜悦
我发现马铃薯的叶是祖父
长长的茎是父母
块状果实是儿子
有时儿子有很多
其中一个大马铃薯
它的侧面又生长出几个小马铃薯
这些难道都是孙辈吗
那个傍晚，我端详了它好久

像这种四世同堂的现象
在植物界并不多见

2021. 5. 29

一颗露珠怀揣伟大梦想

清晨我穿越下保山公园
樱花树上一颗冰凉露珠坠落于
我的手臂，圆润，晶莹
悄悄地临幸，慌乱了我的幸福
像一名婴儿呱呱落地
与世界分享天花乱坠的啼哭
我稳稳将它托平
稳健行走，力求维护它的梦境
一颗露珠一旦诞生
便滋生一颗露珠的喜悦
一颗露珠也有它的落寞与期盼
一颗露珠认准了宿命
就在轮回里，消失并重生
今天，我带着露珠上路
犹如带着巨大的骄傲被风吹响
金光闪闪的露珠
突然拥有了伟大梦想

2021. 6. 7

开始感觉要用“爱”这个字

等我终于入住海边的房间
暗自庆贺：多么幸运的游客
等我打开窗帘
岩石、小径、海景扑面而来
等海风摆动，海星温柔
等整个慕心海都裸露身子
晃晃荡荡、无拘无束
重新回到我们的身体
我爱死这些
甜蜜而柔软的天体
是它们教我
忘却羞涩，变得异常神秘

2021. 10. 8

桂花又推开我的窗

宁溪太小了
走着走着就碰到熟人
桂花树黄了又黄
一大早推开我的窗
刚刚说着说着，突然
她转身就走
前面那张椅子空着
一直空到我的心里

2021. 10. 23

每一朵雪花都温暖

——致北京冬奥会

一朵朵雪花迎风飘扬
栖歇在鸟巢屋顶
跳跃在冬奥村的灯笼上
浑身温馨，化为吉祥

一朵朵雪花欢呼舞蹈
拥有嘹亮名字——冰墩墩雪容融
它们咯咯咯的中国笑声，荡漾
北京、张家口每条大街小巷

十朵，百朵，千朵世间精灵
朵朵虔诚，片片散发芬芳
凝结成冰丝带、冰立方
点亮雪如意、雪飞燕、雪游龙
让全中国沸腾全世界惊艳

你若敞开心扉，雪花便温暖
千年古国和平崛起，迈向伟大复兴
来自五湖四海的体育健儿啊

2022，让我们欢聚北京

做一朵朵幸运的雪花吧
让我们张开臂膀
足够宽阔的胸怀
容纳人间大寒和所有拼搏

2021. 11. 11

陪护

在黎明之前，和夜一起
被你轻轻安抚

你搀扶着我，上车下车
乘电梯，穿廊道

用爱车载到目的地
在转身处，闪耀泪花

牵着我挂瓶，按住药水棉团
被你买的快餐温暖，心里翻转旋涡

被你一遍遍的电话
一次次的微信撼动

今天，这小小的急诊室
让我如此真实体悟生的冷

与病的暖

2021. 12. 3

小浪漫舞厅

在整个城市的沸腾中
我凭借它获得另一种宁静

不停旋转的宇宙球灯
记录着小城疯狂奔跑的节奏

最令我惊喜的是转角处
墙上那面大镜子，共享着

新时代一次次旋转运动
你和我，动和静

在那一个旋转动作中，我意外发现
镜中自己的舞姿竟然那么优美

2021. 12. 5

窗口的绿植

就像窗台上那株绿植
种在初冬
我们却把它当作暖春
灌溉，保温，观察，谈话
给予它伟大的梦想
它就铆足了劲
像去年我俩
初次相识在大雪
虽不多说
思念却蓬勃生长
郁郁葱葱

2021. 12. 6

睡眠表情包

紧皱着眉，一定是
梦中遇到难题
暂时不能解决

如果满脸笑容
一定是喜事来临，或转危为安
急于向醒着的人传达

如果，既不皱眉也不欢笑
那一定是她还在继续行走
暂时没有捕捉到
任何足以表达的信息

2022. 1. 29

分享

半夜，总随月光醒来
在她身上按摩、捶打、精准定位
拧开冷敷凝胶，滚动圆球
继续抚摩，挠痒
看她又静静睡着，甜蜜微笑
黎明时分，我的肩膀
也开始鼓胀疼痛，好像
瞬间从她那儿
分到了些许力量

2022. 3. 1

琴键

我想靠近那架钢琴，黑黑地闪耀
悲伤时，愤怒的潮水奔涌止于音符

我想练就一手好琴艺，让琴键
成为我这辈子唯一的情人

我想披一袭花边蕾丝白裙，展露
世界洪荒的美妙与人类更大的无知

最后，我还要向你裸露纤细的部分
彼此目光相撞却不再苍老

2022. 4. 14

迷失

有一种迷失，叫长安落日
裹挟在丰腴的裙裾之下
有一种迷失叫作被风偷走动静的
风铃，低坠如寂寥的春
而最让我惊心动魄的迷失叫作蔚蓝
那年我们驾船出海
波涛汹涌，天际苍茫
你说所有赶着浪花信步的人
都自带醇香。于是我渴望迷路
那种幸福在朝四面八方流淌
我更相信，你的眼睛暗藏
比蜻蜓更薄的翅膀
你的微笑已向我传递一些
比病毒更细微的东西

2022. 5. 2

吹风记

有时候快乐，有时候悲伤
更多时间它们好像交织在一起
像你的麻花辫
悲伤时我常跑到村后边的小山腰
快乐时有时也一样
我会张开双臂，忘情奔跑
然后歇斯底里地吼叫
我会把整个身体交给风去吹
好像只要风使劲地吹我
我的烦恼就没了

2022. 8. 9

轻轨像风一样穿过

隐隐传来……琴键第一次请教手指，
“重复即是差异”，在立体的平面里，
悖论从来都是成立的。

而窗外风和日丽。风从来
不需要纠错，光在语言里
不止有二象性——我问是雷声吗？

她说，这肯定不是。那由远
及近的轰鸣，从破坏了的铁管里
喷涌而出：听觉有深深的褶皱。

蜜蜂不能自作主张，乐谱却可以。
昼夜奔赴同一个结局——
春天锃亮的碎片，行走在春山之外。

2023. 4. 9

红花檵木

她的身体里有一个合唱团，你要
深入肌体，用音符解读一树花。

早晨，一群红花檵木这样告诉我，
“要用阳光的烙铁分发春的密钥”。

我将转告任何一个人。风吹来，
群山敞开胸怀，脉络舒展如涟漪。

必须用山涧的浪花来呼应云之白——
必须告诉我答案，亮出对等的火把。

2023. 4. 10

月见草

冥冥中，一阵阵欢呼
将我从睡意里驱赶出
快来看！这叫什么
花朵中都架设着微型风车

四月的午后，东部新区曙光湖畔
娇美的花瓣，努力伸举嫩黄螺旋桨
分明在顽强转动，拼命发电
不亚于远处的大风车发电机

原谅我，每一次遇见
都是惊涛骇浪，却将喷薄的欲望
收紧在花心，如这架小风车
暗地较劲
独自旋转

2023. 4. 23

碎石记

如果心上压着石头，我就抑郁
如果石头过大，我估计要崩溃

这块石头可能是刚才她给我的
也不排除是我从办公室携回家的

石头是谁制造的已不再重要
我现在要考虑的是

如何将它击碎
如何解救自我

于是打一个电话给你，尽管夜深了
我仍感觉到接电话的你

因击碎一块遥远的巨石
而深感快乐

2023. 4. 27

节气

立春，万物生长鸟语花香
小满，你又准时发出信息
小满江河满

又是那么多节气
点亮了灯笼
悬挂在
古老的四合院屋檐下

你站在天井中央
我们相遇
一次在芒种，梦中稻谷飘香
笑容金黄色
另一次恰逢谷雨
你撑起江南油纸伞
当我抬头
你眼眶里雨滴落下来

2023. 5. 20

白鹭之歌

白鹭优雅的翅膀
有时沉浸在湖面下
它们的影子呈乳白色
斑马线状。反复
震荡并多次复原
天空潮湿如网
它们依旧轻松飞翔

平静下来的水面是枚魔镜
正打破影子都是黑色的神话

2023. 5. 24

辑四

行走宽窄之间

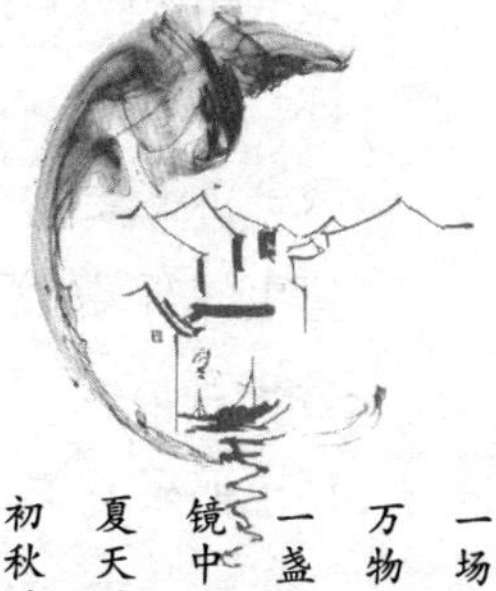

一场秋雨一场寒
万物开启暴走模式　不修边幅
一盏灯　一杯茶　你来或不来
镜中的美妙　足以令我震撼
夏天的路　越走越窄
初秋的风　越吹越宽

一叙

早约好的，今日
赴天台石梁飞瀑处一叙
谈谈梅汛一般汹涌的唐诗
谈谈即刻被飞瀑冲走的激情
你一言不发
我一言不发
好事的石梁，滔滔不绝
替我俩
说出那么多

2018. 7. 6

常乐寺

半山腰　丁字路口
路牌告诉你
往西走
就是常乐寺

很多人没去过常乐寺
他们选择了其他方向
一路奔波
欢歌笑语

一路欢愉
终点是痛苦的瞬间
一路苦痛
终点或许　是瞬间的快乐

2018. 7. 12

十八相送

所有的亭台都为你设计
所有的路途温柔而湿润
凤凰山　观音堂
小吊桥　甚至一口废井
都是爱的道具
微雨后　朝阳初露

有时　眼睛难得瞽蔽
十八里路走得才遥远，而轻松
被你骂呆头鹅也好
骂对牛弹琴也罢
存在都是真实的自己

楼台依旧
九妹尚好
如果年轻
我也想来一段十八相送

2018. 7. 16

羊舍读诗

没有闻到膻味，自己做一只羊吧
脱掉鞋子，席地而坐
手与脚拉近距离，心与地面
进一步贴近
不管姿势怎样，你要保持
最初的忠贞

没了定力，泰戈尔的朗诵
不会停落在《吉檀迦利》上
尽管
在你掌心

2018. 8. 11

到远方

一个把月亮看成太阳的人
一个把城市过成乡村情调的人
一个属牛但比牛更牛的人
一个惧怕幸福又渴望浪漫的人

这个国庆，我们整理好
衣衫、袜子、充电宝和远方
由行囊引领和谐号
从平淡开往热情

2018. 9. 30

补票

从苍南到六安的
G7576 高铁
我们温岭上车的
售票的说
现在，选择商务座
先乘至台州，车上再补票

细细想来，自己
是 1972 年 1 月 21 日上的车
不知经过多少站
补了几回票
好像永远没有终点
好像随处都是终点

2018. 10. 1

鲁迅故里

车里，烟味浓了
那是从你顽强的须发
和文字间不慎渗出的
绍兴近了

刷了这么多身份证
刷不清民国烟雾的缭绕
长长的旅行包
从百草园排到三味书屋
从你故居排到你的祖居

心头总是隐隐作痛
在阳光照不到的某处
从绍兴到故乡的铁轨
多像两把匕首，穿心而来

2018. 10. 3

咸亨酒店

课本里　你寥寥数笔，就
养活了一个人
养活了一个酒店
养活了一个筑梦的民族

多乎哉　不多也
如果把过多的荒芜缩小
那就是江浙之乡　就是越绍之城
如果把太小的绍兴放大
将是整个中国　半个江南

我将吃完的光盘发在朋友圈
为百年老店做个广告
喝了零拷太雕酒
下午　就迷糊了半截鲁迅路

2018. 10. 3

沈园

偌大的园林　不生长爱情
是浪费的。只要撒下几颗相思
都会滋养寂寞
都会满城飞絮
星星点灯　轻扣虚设的门

不抱怨　宫墙柳外泄春色
所有的世事坐立不安
功名富贵　挽不住红酥手
你更愿在剧情中赶路
一切情愫含苞待放

钗头凤碑前
谁又将旧事轻轻捡起
夜宿周边旅馆
不敢多喝黄縢酒

2018. 10. 3

旅行归来

动车票在出站口刷出最后一个
句号。家，立马在旅途面前丰满起来

不只是将灵魂交给肉体
完成一次被异乡折磨的快感

远方的山还这么青
梦中的路还那么远

回来后，你将所有的衣服刷了又刷
好像走过的尘土都是自己

迟早归还
高悬的明月

2018. 10. 3

踏青去

第一个喊我去踏青的人
必定有一颗恩慈的心
谙熟事物生长的规律，仰慕风的情怀
在喊醒大地之前，收好一城春色
和我的孤单，交给钥匙珍惜
一定在一首唐诗、一阕宋词里流泪
将商风周月植入
隐隐约约的爱情

还不疯，太阳就落山
不须归，山岗满星星

2019. 3. 20

去梅溪

前往梅溪的路很长
几乎踏破去年寻花的梦
古道的兴衰与我无关，与
捣碎溪水的村妇无关
一两声鸟鸣，我早忘却一个人
她曾献一两首唐诗给流水
十里溪声，在源头将瀑布掖起来
怕我们冷，会跑回到唐宋
回到她的一袭裙裾，回到李花
回到那一卷唐诗的韵脚

到梅溪，不必多虑
把烦心杂事掷进鱼腹
摘下一朵花
取走她的哀怨

2019. 3. 23

到梅岭脚

导航系统在村牌前丧失话语权
轿车只能停在梨花上
越往溪声深处，花蕊的清醇
越剥去你心头的喧嚣

前头瀑布封道，只有相机
才能抵达洁白的高度
整个山村被鸟鸣环绕

该吃的零食，多余的时光
消耗殆尽。撤离梅溪
人们只带走一车梨花香
以及一袋鸟鸣

2019. 3. 28

洗石梁

第一次去石梁，我涩涩的
第二次看石梁，石梁羞羞的
第三次游石梁，那是通过微信
你在群里一遍遍呼叫所有人。每到天台

石梁都会清洗一次
被风洗过，她是轻柔的
被雨洗过，她是苍翠的
被美颜的滤镜洗过，它是热烈的

显然不够。在暖湾山庄
我们将石梁夹在筷子里，在酒杯中洗
晚上，我们打开热水冲淋皮肤，一并
将整个石梁镇洗得通透澄明

2019. 7. 6

石梁飞瀑

梅雨之后，石梁飞瀑
念出的经文
更嘹亮，更动人心魄

一半念给徐霞客
一半卡在空中，准备念给
正在匆匆赶路的我们

2019. 7. 6

天台蓝

告诉我：一个手持灵魂的人
该翻越几重山水
擦亮几颗明月
捻破几卷经书
重修几度比佛塔还厚的人生
才能提炼这般蓝

刚刚从你的眼神里汲取
瞬间又植入我的内心

2019. 7. 6

遮住，并非都是乐事

像阳光房，我们的瞳孔安满别的眼睛
关注吃喝拉撒，我们唯一的隐私
被包装起来

奶奶暮年越看越近，医生说：白内障
正一丝一丝偷走她的心爱之物
以及快乐

高于庙堂的华顶山。你兴奋地喊：
“快来看！雾来了
云没了，
人没了。”

2019. 7. 6

秋行

水龙头里缓缓流淌的温水
使夏天渐行渐远，像消退的肿痛

照惯了镜子的人，又一次
刻意找回斑斑驳驳的青春

戴上蝴蝶飘飞的口罩
尘世里，桃花一朵一朵

牛肥马壮，琴声悠扬
天空被草原的奢华胀得更远

行囊已备，车辆列队
你眺望远方，即将喊响口令

2019. 8. 31

大塘湿地，怎么可以这么美

一个太阳，两个太阳
从湿地的湖面升起来

返青的麦苗，将故事一阵阵刷新
彩霞满天，红色染透革命老区

整个下午的孤独，都被
大塘湿地填满

坞根镇的大塘湿地
你怎么可以这么美

连大街小巷的故事都那么凄美
被名叫方红的解说员一遍遍讲述

这些情节，穿越手机屏幕
变成了我的抖音

2019. 9. 15

前往甜蜜的深处

驱车下呈村
抽一根麻花
咬一口，那满嘴的香味
喷薄而出

“甜”“糖”“红”
这三个字，挂满了万顺红糖的园子
溢出来的芳香，装进罐子
捎到坞根小镇之外更大的地方
滋润渐渐靠近的慢生活

待到甘蔗成熟时，你再来
可观摩红糖制作加工的全过程，她说
对于砍甘蔗、榨汁、熬糖、制作手工小吃
我并不特别感兴趣
我要继续前往甜蜜下呈村的深处
追寻比幸福更遥远的源头

2019. 10. 7

傍晚，挺进布袋山

挺进画廊的人们，浩浩荡荡
经双龙戏瀑、索桥、玻璃栈道
过通天门、鼎湖
每到一处，我都将自己的姓名
丢落在身后。前行的人
一旦穿越自己
都变成淙淙水声

落在我响亮应答声
后面的，还有
渐渐转红的枫叶和
缓缓深邃的夜空

这就是我——
来布袋山的原因

传说，灿若满树火焰

2019. 10. 19

误入梦幻溪

降世之后，没有谁
来得及给它们起好听的名字。这群鱼
不设防人之心，不持忧天之志
它们，飘落在免费的时间里
你若盯久了，它们
便画在岩石上，忽然
摆摇尾巴

桥上，侧出身去的我们
也好奇地把自己映在
溪底壁画上

2019. 10. 20

进入布袋山的方式

进入布袋山的路有两条
一条是行车道，山路十八弯
一条是健身道，溪流淙淙

我想从第三条路登山
没有告诉任何人

布袋山被一首首诗写得这么饱满
朋友们，我们须从另一条路攻入

2019. 10. 22

布袋溪的鱼

霜降将至，山水转凉
布袋溪清澈成半首诗。溪里的鱼
浅得像诗中的逗号
除了豹纹般的刺绣
它们不穿什么。安静地在童话中滞留
任何两条相邻的鱼，都可以拉开时光
好好谈一场旷日持久的异地恋

整个上午，我都浸泡在水中
和那些透明的肉体待一块儿
剥离锈蚀的来路
滋养灵性。只怕被
山巅滚落的温柔阳光
一箭穿伤

2019. 10. 23

早行者

内心随山野起伏，学习野兽狂奔
从哪里来，又将赶往何处，怎样度过此生
为我朋友圈点赞的朋友们
若你们
动了恻隐之心，请为她点赞吧
集齐 100 个赞
或许她会走得比群山更稳健
神若路过此处
他同样会动动手指，赠人玫瑰

2020. 3. 21

灵湖落日

和我们一样，它忙于赶时间
披着黄金甲奔赴最后的战场
我们长途跋涉在路上
必须依靠一盏盏红灯黄灯绿灯
才能闯关成功
它徐徐降落，缓缓呼气
快要接触水面时，卡顿一下
像即将圆寂的僧人，幡然醒悟

跑来看一次落日真不容易
那种与时间赛跑的感觉
紧张而欢喜
它不因我们迟到而抱怨
恰恰相反，它边等待
边洒下满城霞光
似乎只有这平静的湖面
才配得上一阕极好的词

2020. 8. 22

在灵湖

在灵湖，你真的不必在意什么
呼出的疲惫空气
说错了的话
牵错了的手
写得粗糙的诗句
那夜，风一吹
全都没了

2020. 8. 23

神话

掬一捧泉水，凌晨就出发
采几束草药，也撷几朵白云
如果，天突然暗下来，我就
生根在武陵源。神秘的袁家界啊
晚上，长满星星和阿凡达

2020. 9. 16

玻璃栈道

你走前面，我跟后边
牵稳我的手，别说风花，莫道雪月
此刻。假如有人喊“我爱你”
千万别应答，亦不要回头
我们的心晶莹剔透于万丈红尘上

2020. 9. 16

过玻璃桥

把一万份恐惧，小心翼翼地搬过去
把一千封惊喜，也小心翼翼寄出去
过了这座桥，亲爱的
我们的爱情在新鲜的另一端复制

2020. 9. 16

早点出发

同样远的一段路
步行需二十分钟
稀薄的空气，像粥一样
布满天空
秋天到了，逐渐转深
我们像小刀深深刻入桌面
我要起来早一点
早一点关门出发
秋风里的小草特别脆弱
我要给足她们安慰
晨露中的花鸟迟一拍醒来
我要轻轻呼唤、暖暖抚摸
让她们知道苏醒过来还有另一个春天
我还想早点赶到食堂
和那些亲爱的人们一起
享受人间烟火，在饥饿的时刻
用低俗填满肚子
再努力写一些花草间的句子
更明亮一些

2020. 10. 13

车至临海界

人，至临海界
告诫自己：心不能越界
那个瘦瘦的、黑黑的、涩涩的
小姑娘，都是尘世安好
都是上苍最好的安排
莫去惊动
就是祝福
像这么多年，彼此历经那么多不同
去年相见时，你仍从激动中掏出
如此清澈的目光

2020.11.7

玉龙雪山

远古，你是一方沸腾的冰川
眼前，你是赤道最想拥抱的雪山

举起照相机。雪、山、人，还有
背后更广阔的高冷
你用热情搅动我的河流
万物皆有气息，曾经拥有一颗
比丽江更柔丽的心

离火焰太近，是否必须保持冷静
还是雪封千年，埋葬着深深的许诺

对事物的多重解读，容易蛊惑
弱者。感觉总有那么几天
我们的内心将鸡犬不宁

2020. 12. 15

在洞头父女扛鱼雕像前

靠山吃山
靠海吃海

靠着辛劳，便可享用
生生世世的幸福、安康

这么大的鱼！被你们抬出
满岛渔歌子，满港繁华气象

风里浪里，出生入死的肉搏
此时，蒸腾成万户鱼香，年年有余

2020. 12. 20

三江并流

如果没有爱慕，我不会从青藏高原
奔涌过来，抱着赴死之心
如果不喜欢我
你假装雪崩，不留任何踪迹
如果没有缘分，彼此退回象形文字
被人误读
在随风卷动的经幡前
任纳西古乐悠悠经年

假如不来丽江
你流你的，我奔我的，他走他的
金沙江、怒江、澜沧江
只是三个名字
今生今世永不相逢

2020. 12. 25

虎跳峡

凭借生猛动词，那只老虎纵身一跃
跳出历史迷雾

于是，金沙江
狂奔不息，汹涌咆哮。激活了

东巴古籍文字
轰响着纳西，一个叫虎跳峡的神话

古乐悠悠
传说，书籍，诗歌，你每百度一次
它就重新跳跃一回

午后我们倚靠在观景台栏杆
万丈光芒劈开金沙江两岸
偶尔对视，我们发现彼此内心
波涛澎湃，时光翻滚

2020. 12. 25

雪霁，陪友人登山

别离有多辽阔
叙旧就有多温暖

拾级而上，腿酸脚软又气喘吁吁
但我们更喜欢重温年轻时的风风火火

穿越新雪像漫步苍茫人生
毕竟还有那么多的黑与白是与非

风吹响口哨，来拍张合影照吧
我们不妨还是站在那一棵梅花树下

2021. 2. 16

登下保山

山麓，一簇簇樱花争奇斗艳
半山腰，一片片桃林绚丽多姿
当我登到山顶，不知会发生什么

一种美丽，引诱我出发
一种扑鼻的清香，引领我前行
不知疲倦，期待满怀

此刻，仿佛落了一场雨
将我浇得通透而明亮
像树枝上挂满的芬芳，纷纷扬扬

我们早已不计前嫌
手挽手，迈向更高处

2021.3.30

友人陪同我们登岭

让南方吹累的风暂时歇脚，云朵闯关
烘托我们不再沉重的构想

两次拥抱温岭后花园，每次
都邂逅不同滋味的花开

去年此时，与家人同行
细雨敲出石阶上的片片水花

今年五一，高举文学采风之旗
阳光明媚，绽放朵朵心花

陶醉在山水诗行里
就像开启一场美妙的恋情

友人微笑跟随左右
踩响后岭花开的韵律

2021. 5. 5

在吉捕岙看海

如果你足够沉默，一定有大海
在为你提供无限喧嚣的可能性

如果你足够安静，一定有另一个人
在不远处替你分担内心的沸腾

因此，在吉捕岙你可以
心无旁骛地看海，解读海鸟自信飞翔

可以那么认真地发呆
那么长久地伫立在动与静之间

终于响起一个微信视频弹窗
你举起手机，点开屏幕并响亮回答

你正勇敢地爱上一个男人
他叫吉捕岙，有大海般辽阔的疆域

2021. 5. 5

登方山

方山太远。你驾驶奥迪
从南面赶来，他骑着宝马
从北方而来。我们从不同方向拉近它
像动词名词形容词
从词典走来，融入人间

方山太轻。谁抖落比城市更轻的羽毛
忘却花开花谢，人生苦短
有人在一首情歌里醉去，放浪形骸
有人挤出乳液，丰盈了天湖

你、我、他从四面八方奔涌而来
拾级而上。我的方山因此而骄傲、扩张、移动
它轻轻抬高臂膀，供我们
欢呼、抒情、写诗、拍照。像一群
刚刚学会撒野的人

2021. 5. 12

行走宽窄之间

一场秋雨一场寒
万物开启暴走模式　不修边幅
一盏灯　一杯茶　你来或不来
镜中的美妙　足以令我震撼
夏天的路　越走越窄
初秋的风　越吹越宽
每一次遇见都是一场大考
刚做完判断题和选择题
问答题接踵而至　题面开阔而朦胧
答案尚未水落石出
命题者　云游久矣

2021.9.9

在慕心海，傍山而居

如果你闲得发慌
或者有消费不完的爱
我建议你奔向慕心海
驱车至云间。你要邀请
那位神仙姑娘。她正好拥有男孩儿般
璀璨的名字，和足够你微醉的酒量
我们一起坐观日亭
谈诗，聊天，说虚空
然后互加微信，修改备注名
我猜想这些都是她喜欢的
她有好声音，亦有好心肠
那晚唱毕《后来》，我竟发觉
她该是我失散多年的妹妹
月光下，她将酒当诗喝
眼角潮涌，群星璀璨
写诗卡顿时，我邀请她端坐内心深处的
空椅子上，重现镜中美妙
那次去慕心海，我一直对某些事物
保持警惕，想到从今往后

故事一旦终止恢复现实
我该如何抽取日子的虚虚实实

2021. 10. 7

宋渠直街

有没有像直街一样的爱情
有没有像宋渠一样的温柔
有没有像金山陵一样的决绝
封藏多年，舍不得透露半点醇香

2021. 10. 23

每个人似乎都有醉意

老鼠、猴子、兔子、蛇
我说的都不是动物，抑或生肖
它们是酒，是金山陵
这暖洋洋的伴手礼，足够我们

分享。白酒、黄酒、米醋……
端在我们手里的炊饭团。生活中
任何事物都不那么糟
你不再形容它们像酒糟一样

当我们高谈阔论酒、生活、美女、诗
我发现宁溪街所有人都散发酒气
他们与自己认准的日子同坐阳光下
好像刚刚从酒厂走出一样

2021. 10. 24

在永嘉书院

涉水而行
从《洛神赋》里拓印出
丰腴的肉身
肩若削成，腰如约素
凌波微步，罗袜生尘
几只白鹭临溪飞翔
竹林复制一块块灵感
她来自淼淼江波
曾与水心亭合影
跟活字印刷馆的汉字促膝长谈
每次都紧跟队伍，不离不弃
生怕迷失于荒凉尘世
此刻，小楠溪上
她正提着网鞋，挽起罗裙
冲你而来，多像
永嘉书院半山坡
那抹紫荆花
红得发紫
碎给你看

2023. 3. 20

在丽水

路走得越多越远
人变得越来越健忘
头脑中究竟塞满了什么
一辆满载的动车，选择中年
抵达麻痹境界，拒绝创新
昨晚应邀参加朋友聚会
有几位突然叫不出名字
不再尴尬，就唤兄弟或美女
在孤独或喧闹中，最容易
闷头闷脑将自己灌醉
次日醒来，一个人漫步在处州府城
看山樱花一丛一丛流出眼泪
我重新打开千疮百孔的门
让芳香恣意穿越，趁着
微醺，赶紧找一个忘却的路口

2023. 3. 30

漫步瓯江畔

我喜欢的那些雾，各有主见
不听从任何人的指挥
只按照自己的癖好
游山玩水，慢慢聚散
它将纤嫩的手指，不经意间拢进
你的秀发，和那套蓝色小西服
使你散发的香味，忽远忽近
古典音乐一样的美酒，最易
虚拟出一个醉人的早晨
我们并肩漫步在丽水
晨鸟在瓯江岸边漫不经意歌唱
紧随鸟鸣，我们似乎也慢慢
被拢进雾里，健身道温软又悠长
那些雾始终善良，始终坚持
让江水再汹涌一会儿
让我们的沉默
在它们隐退
以后，再次

在各自心里
泛出涟漪

2023. 3. 30

远山有雾

远山腾雾，那是从许多幅水墨画中
提炼出来的江南

雾遮蔽了山体，让它自身
悬浮成山

只有这种乳液才能融解
一些比棱角更坚硬的东西
譬如嶙峋的岩石，尚未疏松的骨头
以及站在浓雾里的深深回望

这柔软的漂浮，复制着
迷失他乡的游子

2023. 5. 30

后记：守望梦想的渡口

我的故乡在温岭大溪冠城，那是中国东南沿海的一个乡村。那里人才辈出，文脉绵长。童年的我淘气而敏感，内心蕴藏着一个文学梦。

小学时，我的作文经常被语文老师当作范文在班级里朗读，我又害羞又窃喜。读初中的一个下午，我课外活动后刚回到教室，望着窗外青山，一股诗意猛然袭来。于是我奋笔疾书，立马在《语文》课本封底涂鸦了一首旧体诗。从此，我与缪斯结下不解之缘。

那时由农村初中考到县中不是件简单的事。1987 年暑期，年少气盛的我便憧憬高中的美好生活，幻想在校园中遇到新鲜的人和事，同时开始密集地用诗歌将这些海市蜃楼般的美妙抒写出来，真实记录了那个阶段的心迹。温岭中学弥漫着浓厚的文学气息，学校有文学社，有校刊，学长梁华凌引领着我们写作，偶尔还邀请本地名家来校做文学讲座。同龄人都清楚，20 世纪 80 年代末，诗歌对大众有着巨大的魅力，热爱诗歌成为全社会的时尚。我也深深为诗歌所吸引，被诗歌的语言技巧所折服。我开始大量阅读诗歌佳作，自觉进行诗歌创作，并尝试投稿。当时，我与同班同学还接受了虎山文学社《清溪》的编辑任务，成为一名校刊编辑，别提有多自豪和兴奋。1989 年 9 月，我的处女作《教科书》发表于黄岩《橘花诗报》，在收到这份报纸时我简直心花怒放。

考入浙江省台州师专后，我选择了政史系，不久加入了以中文系学生为主要成员的鹿路文学社，任《鹿路》副主编。记得历史教授在班级里对着全班学生夸耀：“不简单啊，我们政教班的同学也担任文学刊的副主编！”后来学友王爽剑在回忆那段往事的推文中也提及此事。除了学习这个主责主业外，课余我以写作为乐，绝大部分时间都用在诗歌创作上。除了诗，我还喜欢政治论文写作，第一学年就获得政史系学生论文比赛第一名，这大概得益于经年的笔耕不辍。韶华如歌，我的爱情几乎荒芜，却与文学轰轰烈烈地谈起了恋爱。

毕业后，我被分配到当地农村中学任教，后转过几所学校，一教就是二十多年。任教之初，我仍对明天和文学充满憧憬与梦想，这可能是诗人的特质吧。我与领导商讨成立文学社，发现并培养喜爱文学的学生。因当时应试教育盛行，平常教学业务繁忙，我又不具备处理好工作与创作之间微妙关系的能力，所以若干年中只得压制，甚至想着熄灭自己诗歌创作的热情。随着诗歌创作热情的逐渐消退，创作数量亦大大削减，最少时降到每年只创作十余首。

偶感诗意翻滚，像闪电划过夜空。我感恩生活，让我坚信诗意犹在，诗歌就不会走远。在漫长的乡村初中教学生涯中，除了大多数时间在心爱的教育大道上狂奔外，有时也会在乡村田野间散步，且走且吟。当地的《温岭日报》和《海风》偶尔会刊发我的一两首诗歌。创作和发表虽然断断续续，但我借此延续自己的艺术命脉，让创新之火不熄。

2016 年，我调到机关工作，离开心爱的讲台与学子，但仍属教育系统，骨子里依然携带着校园的浪漫与对文字的敬畏。数年后，我市各镇街文联与行业文联纷纷成立。2018 年 5 月和 6 月，温岭市教育作协和教育文联相继成立，特别是市教育作协把我拉进理事会队伍，重新点燃了我创作的火把。后来，市作协也如火如荼地开展了各项活动。说实话，此后 5 年是我创作重新雄起的时期。经常与有着共同爱好的诗人作家，特别是年轻朋友聚集一起，大家一道外出采风，畅谈人生梦想，探讨创作心得，我的创作热情怎能不高涨？此时，我已从过去断断续续书写转到坚持不懈地练笔，从无意识创作转向有意识创作。人生能有几次转身啊！经历几番曲折，我认定人必须要有精神追求，要构筑好属于自己的精神空间。因此，每天不管工作有多忙，下班有多晚，我总要挤出一点时间留给自己，留给文学。我养成了充分利用业余时间的习惯，坚持每天早晚读书、创作一小时左右，雷打不动。2018 年至今，我创作的新诗数量已多达 2662 首。

有一次在黄岩宁溪参加江南诗会，与一位本地某区作协主席偶遇，她说据她观察我是近年本地区发表诗歌最多的作家之一。欣喜之余，我认为我一直坚持练习，像歌唱家每天早晨练声一样，无拘无束，自然亲切，这是多么的重要。更多时候，我觉得自己在与灵感“躲猫猫”，与另一个自己的惰性与智慧持续较量。我坚持认为，没有数量，哪来质量。诗友们说近来我处于灵感喷发期，写诗水平提升较快，我觉得他们更多在鼓励我。论进步可能确有那么一点，因为我在忠实自己的生活土壤上盘旋，有时觉得好像在飞翔了，那轻盈的翅膀开始触及天空，但远方仍然那么高远而宽阔。更多时候，我依然飞得很低。我渴望创新蝶变，凤凰涅槃。我也渴望慢生活，厮守精致的时光，在那里我可以经常与自己遇见，与诗遇见。大家可以看出，我诗歌的主题在坚守中渐变，缓慢拓展，如轻舟逾越万重山。不敢言突破，那是场尖锐的革命，我似乎还不配。如必须要说写诗的功效，说到底那只是诗人的一场自我救赎。似乎只有沉浸在诗写中，我们才能精准找到人与自然、自己与社会的平衡点。只有适当释放，我们才不至于因为任何一根稻草而使自己走向崩溃。

生活需慢慢咀嚼，细细反刍品咂。调到机关后，有人质疑我不是写诗的吗，叫他搞公文可以吗？也有同事深感惊讶，没想到搞机关公文的，还有那么一个写诗的癖好和特长。其实，像我这样的人有很多，他们大隐于市，才华出众，灿若星河。可惜有的因不能兼顾而消泯了诗歌爱好。我庆幸自己经历二十多年的摸爬滚打，终于幡然醒悟，华丽转身。我紧紧握住那枚正确处理理性思维与感性思维的“金钥匙”，款款地消弥或融合了本职工作与业余爱好之间的矛盾。鉴于此，在一次名家云集的座谈会上，我就坦言要处理好一些关系，把控好“总阀门”。我自以为这是我亲身提炼出的最成功的经验，这对于一个想在诗歌创作道路上走远走宽的人来说，可谓至关重要。许多人希望隐瞒诗人的身份，但我不这样认为，因为我觉得诗人至少在追求创新与完美。现在，我越来越认为更多事物在本质上是相通的，都既需要灵感，又需要严谨，都需要发现与善待，需要耐心与坚守。不然，你什么事情也干不了，什么事情也干不好。

文学创作的体验是令人着迷的。任教期间，我的组诗《暮色》发表在《散文诗》中缝彩页，当时跑到妻子代课的学校附近的书店去购买，可是目录中怎么也找不到。那时，我的兴奋中难免夹杂着疑惑和失望。当众里寻他千百度，终于发现那诗却在灯

火阑珊处时，我那激动的心情难以言表。后来，我的诗歌成为《诗词》报头文章，列为《诗歌月刊》封面文章，被高考命题专家从汪洋大海般的诗歌里选中，编入高考试卷，我是那么激动。当《人民日报》（海外版）在版首刊发我的诗歌，2022年我的《大海般辽阔的疆域（组诗）》被中国科普创作实验基地、浙江省科普作家协会诗创委评为优秀作品金奖时，我依然那么感动。这些于我而言真的都是最好的鼓励和褒奖。同学、朋友、领导、同事对我的点赞支持，就像一支支火把，温暖我，照亮我前行的道路。在我市历次名家改稿会中，我都尽量抽空参与，有幸认识了商震、蓝野、刘川、熊焱、干海兵、胡弦等一批国内著名编辑和诗人，每次受益匪浅。诗歌已为我打开生命中一扇明亮的窗户，让我收获一份份沉甸甸的友谊。

有人戏称我"情诗王子"，我会抿嘴一笑。但我觉得这"情"字包罗万象，至少包括乡情、亲情、友情和爱情。对自然万物，我认为人还应怀有一颗敬畏之心，或怜悯之情。这在我的195首选诗中或多或少应有呈现。我生在江南，长在江南，爱在江南。数年前，《温岭日报》编辑采访我说："你创作的作品中，我发现有一个词的频率相对来说比较高——'故乡'。"的确，我的故乡有着深厚的文化积淀，历史上出过如赵大佑这样的名人。它民风淳朴，乡愁浓郁，留下了许多令我终生难忘的童年、青少年记忆。它衍生的乡情、亲情、友情和爱情，给予我丰盛的创作源泉。行走江南，那里的人与物，景与情，因为熟悉，因为爱恋，时时刻刻都会撞进我的胸怀，像一只渡船将我摆渡到甜蜜梦想的彼岸。

而诗歌，就是我去捕捉和存放那曼妙时光的容器，我要时常守望在梦想的渡口。从乡村到小城市的居住环境的变化，都使我的心灵产生那一点点的颤动，诗歌是无比真实的体温表，它替我记下任何极其细微的差异，珍藏在文字中。只要你细细品味，或许就会发现蛛丝马迹，或欣喜或悲伤，那应该是诗的功劳。

我的内心深处还一直藏着出书梦。1993 年，我就读台州师专时，在台州日报社工作的胡文雄先生联系了一家出版社，鉴于当时读书是第一要务，犹豫一阵后我婉拒了他的盛情邀约。但大学时期的出书情结始终萦绕着我。后来多次冲动，却因作品数量不多、时间跨度过长、质量参差不齐而最终放弃。近年来，随着创作热情的不断高涨，这 5 年间我创作了大量诗歌，在全国各级报刊上发表的数量不断攀升，我决定让我的诗歌集中开一次花。带着这个梦，我平时更加关注整理自己的诗歌作品，利用业余时间日积月累，校对修改，我的手机文件夹早已为我作了 5 年贡献。上半年恰逢本市融媒体中心筹划在新媒体上推出“名家”栏目，经编辑屡次催促，我后来整理了 120 首在省级以上报刊（有的没有国内统一刊号）发表过的作品给她。当时就命名为《画一幅江南给你》。近期，我身边的作家朋友出书频繁，他们经常催促我也来一本。那种善意的提醒，分明让我看到了时光荏苒，看清那个骑着白马追风的少年向我频频微笑。我终于出手了，在交付市融媒体中心的诗歌基础上，增选了在地市级发表的 40 首诗歌。后经不断琢磨，删去只有两行的短诗，又增补了已修改好计划投稿的 37 首，这样总量达 195 首。为使每辑均匀有序，我将这些诗逐一按照创作时间顺序重排，并分为四辑。目前，我们看到的辑一“百度自己”49 首，主要笔触伸向内心深处，展示神秘的独白与严肃的思考；辑二“画一幅江南给你”49 首，主要抒写江南一水一地、一村一镇的风景、人情与事件，于细微处见真情；

辑三“粉黛乱子草的幸福”48首，主要表达身处江南的美好体验；辑四“行走宽窄之间”49首，主要为自己行走江南山水时的所感所悟。

我的诗大都较短。因为我向来喜欢精短的文学作品，那些精练而温暖的短制，会在瞬间撞击你的内心。在《浙江文坛（2021卷）》中，柯平先生特别看好我在《上海诗人》2021年第5期发表的《百度自己》，他说：“在搜索软件上查看个人信息，发现有很多跟自己名字相同的人，这事大家都有体会，而他却在诗的结尾时说，‘我要为许多个自己争光，也要/为千千万万个我逐个赎罪’，能言他人之未言。”我坚持我的诗歌喜好和立场，为使作品尽可能统一，我下定决心一律选用近5年来新创作的诗歌，过早的诗作一概不收。只有这样，才能基本保证入选本书的诗歌风格相对比较接近，能够总体展现我近几年诗歌创作的脉络与状况。在这本诗集里面，我希望你能挑到符合自己味蕾的甜筒，或凉皮。

在整理诗作的过程中，诗人若水一直给予我很大的帮助，付出了宝贵的时间和精力，我深表谢意。在诗集付梓的过程中，我的家人对我非常支持，霍俊明、梁晓明、陈人杰、李浔等著名诗人给予我极大鼓励，并提出宝贵意见，在此一并致谢！

诗歌是我在苍茫宇宙中寻找到的最适宜灵魂居住的行星。它从诞生那天起，就一直狂奔，飞向更加神秘而深邃的星际空间。于我而言，如果诗歌创作哪一天会静下来，它将变成深呼吸。只要诗在，青春就不会消失，生命就可以托付。

2023年7月27日